LES

ÉCOLIÈRES

PAR

ÉMILE DODILLON

PARIS
ALPHONSE LEMERRE, ÉDITEUR
27-29, PASSAGE CHOISEUL, 27-29

—

M DCCC LXXIV

LES ÉCOLIÈRES

LES

ÉCOLIÈRES

PAR

ÉMILE DODILLON

PARIS

ALPHONSE LEMERRE, ÉDITEUR

27-29, PASSAGE CHOISEUL, 27-29

—

M DCCC LXXIV

BONJOUR.

Lecteur, j'eus dix-neuf ans l'an dernier. Aujourd'hui,
J'en ai donc vingt tout juste, ici comme à Gonesse.
Je me porte très-bien. Avec ça, ma jeunesse
Est la seule fierté qui me serve d'appui.

L'homme est un animal qui ne m'a jamais nui.
L'amour? Ma bourse est maigre et ne peut, la drôlesse,
M'offrir celui qu'on vend sans tomber en faiblesse.
Pour celui qui se donne, il fait mourir d'ennui.

Ne m'accuse donc pas, lecteur, d'impolitesse.
Je te préviens : j'ai pour gloire et j'ai pour richesse,
Mon âge, tout à moi, comme moi tout à lui.

Aussi, comme un amant le fait pour sa maîtresse,
Je chante mes vingt ans, pour qu'aux jours de détresse
J'en garde souvenir encor qu'ils auront fui.

LES ÉCOLIÈRES

LE POËME DE LA BOUCLE

A Théodore de Banville

Hic, je voudrais en rimes lestes
Conter à mes futurs neveux,
Le poëme des faits et gestes
D'une boucle de blonds cheveux.

Vous savez quels drôles caprices
Ont les amants : vous le savez,
Puisque c'est pour cela, lectrices,
Que plus ou moins vous en avez.

Or, un matin, l'enfant perdue
Indispensable à mes vingt ans,
Comme je l'adore : étendue
Sur ses édredons miroitants,

Dans un de ces posers splendides
Communs à ces divinités,
Sans embarras des pudeurs vides
Et des rances virginités,

Sommeillait, confiante et nue.
Et sa bouche, qu'Amour ambra,
Pareille à la pulpe ténue
Des grenades de l'Alhambra,

S'entr'ouvrait; et de sa poitrine
Les calmes ondulations,
Berçaient de leur douceur féline
Son cœur aux franches passions.

L'air, sous les tentures persanes
Était lourd de ces chauds parfums
Qui semblent chez nos courtisanes
Évoquer les amours défunts.

Ces amours, aux ivresses folles,
Effroi des traducteurs bâtés,
Sculptés à grands coups d'hyperboles
Sur le front des antiquités.

Donc, elle dormait. Moi, qui vogue
Cherchant le vrai, j'étais content
De m'assurer qu'aucune églogue
Ne vaut de bon argent comptant.

Une boucle de cheveux, blonde
Comme un maïs que juin blondit,
Plus souple qu'au vent du soir l'onde,
Jouait sur son oreille. — On dit

Que tout rimeur, dans sa cervelle,
A des oiseaux : — qu'en pensez-vous? —
Toujours prêts à déployer l'aile
Vers l'étoile où rêvent les fous.

Toujours est-il que cette spire
Des cheveux follets me sembla
Comme une sylphide respire
Gazouiller doucement cela :

« O railleuse du travail blême,
Des ongles courts de la vertu,
Béni soit ton dédain suprême,
Pour l'idéal et l'impromptu !

« Béni soit ton souverain calme !
Béni soit dans chaque contour
Ton torse aux souplesses de palme
Poli sous les baisers d'amour !

« Il aura beau dire et beau faire
Tout le prêche glabre ou velu :
Le plaisir est ton atmosphère !
La nature ainsi l'a voulu.

« Pour qu'un poëte à l'âme ardente
Vibre sous leur terne soleil,
Il lui faut ta bouche impudente
Toujours prête aux nuits sans sommeil.

« Dans la mollesse de tes poses,
Dans les frissons de ton corps nu,
Combien de toiles sont écloses
Glorifiant un inconnu !

« Il faut ta ligne à Praxitèle :
Souvent, dans le marbre vainqueur
La forme qu'il crée immortelle
N'est qu'un revenez-y du cœur.

« Pour qu'au caprice invulnérable
Le bon bourgeois soit acculé
Dans la droiture vénérable
De son faux-col immaculé;

« Pour que le mari de sa fille
Puisse accorder avec profit
Sa cassonade à sa famille,
Et son crédit à son débit;

« Ne faut-il pas qu'à l'heure alerte
Où même au cœur le plus étroit
L'illusion naît, forte et verte,
Ils l'aient égrenée avec toi.

« Tous, la folle avoine les pique.
Qu'il soit poëte au sang vermeil
Ou professeur de rhétorique,
L'homme à vingt ans veut du soleil.

« Dors donc, dans ta fierté de reine.
Mais dors vite. Lorsque tes yeux
Attendent que les rassérène
Le repos, sous tes cils soyeux,

« Sous chacun de tes cils, ô chère!
Se perd alors, sous chaque cil,
Plus de bonheur et de lumière
Que n'en ont les soleils d'avril. »

L'AVERSE

A Joséphin Soulary

I.

Des plaines trop ensoleillées
Les vertes couleurs s'en allaient;
Les fleurs vainement s'étalaient :
Leurs corolles dépareillées
Au moindre souffle s'envolaient.

La rivière semblait, muette,
Pleurer dans un calme affligeant,
L'hiver, où le ru diligent
Vient la voir en gentil poëte
Qui sonne ses grelots d'argent.

Sans séve, ils n'avaient plus de force
Les pauvres arbres rabougris,
Et sur leurs membres amaigris
Maintenant trop large, l'écorce
Se fronçait en grands ourlets gris.

Les petiots drus, dans la nichée,
Avec des cui-cui décevants,
Disaient leur soif aux quatre vents.
Hélas ! pourquoi sous la branchée
Ces coups de chaleurs énervants?

C'était l'été, mais l'été triste.
Pas un front qui ne fût penché
Sous le ciel toujours desséché :
Ciel morne, œil de séminariste
Sans vertu comme sans péché.

Les moissonneurs aux bras robustes
Tannés comme une peau de daim,
Dépoitraillés, à chaque andain,
Pour détendre l'arc de leurs bustes
Tenaient la faux plus haute en main;

Et sous eux la paille grillée
En tombant avait ce frisson
Sec des pointes du hérisson.
— Les champs, comme une mariée
Son bouquet, pleuraient leur moisson.

Ce bruit passé, les plaines rousses
Gardaient un silence absolu :
Sachant son terme révolu
La Terre accouchait sans secousses,
La forte Vieille au ventre élu!

II.

Mais voilà que sous la grand'porte
Béante au grand soleil, là-bas,
Les vaches au poil lisse et ras
Attendent que la Margot sorte
Pour la suivre aux herbages gras.

Ce sont des normandes bringées
Aux cornes d'ivoire, aux réseaux
Veineux, ronds et rouges. Les veaux
Lèchent les mamelles chargées
Et reniflent à pleins naseaux.

Sous les chauds rayons qui les fouaillent
Ils bondissent en liberté,
Pendant qu'avec placidité
Les mères patientes bâillent
Et les regardent de côté.

J'entends la voix de la vachère ;
Sur ses lèvres aux coins pourprés
Les mots ont la verdeur des prés,
Et comme des fleurs de jachère
— Incultes — ils sont diaprés.

Elle a crié trois « hue ! » superbes.
Et toutes, claquant de l'ergot,
Sous la conduite de Margot
Boivent les effluves des herbes,
D'avance à tire-larigot !

Et moi — dont les rêves s'élancent
Plus loin que l'aigle en son essor,
Toujours plus loin, plus loin encor
Qu'où les bruns maharis balancent
Les tobés d'écarlate et d'or;

Vers ces lointains sans fond ni trêves
Dont le vide élargit les yeux,
Vers ce calme mystérieux
Où l'on entend flotter les rêves
Des grands lions silencieux;

Pays des couleurs éclatantes!
Pays des soleils infinis
Broyant, droits sur tous les zéniths,
Des clartés dans l'ombre des tentes,
Des rayons sur les noirs granits! —

Et moi, pauvre écolier morose
Qu'endorment tous nos camaïeux,
Attiré par les tons joyeux
Des bœufs roux, de la Margot rose,
Des prés verts, des horizons bleus,

J'ai, de Margot qui se pavane
Suivi le gai bétail normand,
Et sans y penser seulement!...
— Ma foi! c'est une caravane
Qui vaut bien l'autre, assurément.

Et quand donc, l'âme convertie,
Aux vanités dirai-je adieu,
Pour m'endormir au beau milieu
De la souveraine apathie
Des bonnes bêtes du bon Dieu?

III.

« De l'eau! » murmure la rivière,
« A boire! » sifflent les pinsons,
Et tous : fleurs, nids, flots et buissons,
Exhalent la même prière
Dans leurs parfums, dans leurs chansons.

Comme un essaim las d'hirondelles
Sur un dôme de marbre pur
Qu'il ravive d'un point obscur,
Ces vœux s'élançant d'un coup d'ailes
Jusqu'au front de limpide azur,

D'abord, dans le bleu diaphane,
L'éternel bleu du firmament,
Ce n'est qu'un point noir et charmant,
— Mouche dont Vénus qui se fane
Agace encor l'œil d'un amant.

Mais c'est l'averse tout à l'heure!
Hourra! le soleil ne luit plus
Que sous les franges du nimbus,
Comme une enfant qui rit et pleure
Sous ses longs cheveux rabattus.

Berger, retourne à ta marmite!
Et ron, ron, petit patapon...
— Mais Margot, troussant son jupon,
S'en coiffe... Ah! le gentil ermite
Que Margot sous un capuchon!

Et la Mignonne ainsi couverte
Se niche sous le bois surpris.
— N'est-ce pas, Ronsard, qu'on eût pris
Sa bouche sous la feuille verte
Pour une fleur des saints pourpris?

Bouche entr'ouverte, fleur mi-close,
Avec des perles d'émail blanc
Qu'affine la pourpre du sang,
Moiteuse, embaumée, et sans cause
Riant du rire le plus franc;

Et fleur aussi, mais plus petite,
Son nez, lutin chercheur de flair,
Se redresse au bond, rose et clair,
Et battant des ailes, palpite
Comme un oiseau, la queue en l'air.

Je sais plus d'une théorie
Sur les femmes, sur leurs façons,
Par cœur, comme les polisssons!
Mais chaque fois, hélas! j'oublie
Les sceptiques et leurs leçons.

Aussi, bête à ne point l'écrire,
Je restais coi comme toujours,
Et j'y serais resté deux jours
Si Margot avec un sourire
Ne fût venue à mon secours.

Elle m'offrit à côté d'elle,
L'abri des rameaux déployés...
— O madame Vénus! noyez
Dans un amour simple et fidèle
Mes vœux jusqu'ici dévoyés.

— Crève, ô noir nuage! — Lassée
Margot s'endort sur mes genoux.
— Croule, ô tonnerre! — Ton courroux
Ne l'éveillera pas, bercée
Par mon cantique le plus doux :

« O Margot! mes nuits d'allégresses
N'ont point de lendemain moqueur.
Aime-moi : mon baiser vainqueur
Mûrira sous mille caresses
Les pommes vertes de ton cœur.

« Vienne un an de fainéantise :
Tes fausses peurs s'endormiront,
Tes mains terreuses blanchiront,
Tes seins prendront la vaillantise
Du marbre et se raffermiront.

« Ta fantaisie, ô ma câline !
Sera ma règle et ma raison ;
Te bénir : ma seule oraison ;
Dans l'ombre de ta capeline
J'enfermerai mon horizon.

« Pour que l'ennui ne désenlace
Jamais nos vingt ans apaisés,
Je rendrai nos amours aisés
En cherchant toujours quelque place
Où nicher de nouveaux baisers.

« Avec ma rime blonde ou brune
Je te ferai des bracelets.
Comme des grains de chapelets
Tu les prendras une par une
Pour les piquer à nos volets ;

« Et quand autour de notre bouge
Les vents froids viendront à passer,
Si l'un d'eux pour nous agacer
Voulait du bout de son nez rouge
Rayant nos vitres, les casser,

« Tu verrais ma rime affermie
Changer la bise du mutin
En un doux hymne clandestin,
Et te bercer, chère endormie!
Dans l'air tiède jusqu'au matin.

« Tu seras, ô mon Écolière!
Reine au pays des Écoliers.
Les premiers du mois, tes souliers
Pendus le soir chez ta portière
Au jour seront pleins de colliers.

« Flots bleus qui mourez sur les grèves,
Fils de vierge que nous mettons
Enfants, autour de nos bâtons :
Plus bleus, plus fins seront mes rêves
En rond sous tes petits petons.

« O Margot! mes nuits d'allégresses
N'ont point de lendemain moqueur.
Aime-moi : mon baiser vainqueur
Mûrira sous mille caresses
Les pommes vertes de ton cœur. »

IV.

Sur l'or des moissons, les nuées
Ont mis des perles : chaque épi
Vaut l'aigrette au front de Zoppi;
Un doux merci monte en buées
De fraîcheur, du sol assoupi.

Tout resplendit! Tout se relève!
Les moissonneurs n'ont plus sommeil,
Ni la Margot, ni le soleil :
D'un seul rayon, comme d'un glaive,
Il fait deux ciels d'un ciel pareil.

A l'ouest, le grand jour se prolonge
Dans sa lumière et dans son bruit.
Au levant, c'est déjà la nuit.
Un dernier nuage s'y plonge
En silence, et Margot s'enfuit.

Tous tes fils ont, aux lacs d'eau pure
Que leur versa ton sein royal
Éteint leur besoin bestial.
— Moi seul, ô grand'mère Nature!
J'ai toujours soif d'amour loyal.

LA MORT DU MONSTRE

C'était grand jour de foire, et les foules bourrues
De tous les environs pêle-mêle accourues,
Hurlaient, bâfraient, couraient, confondant leurs jargons,
Brisant des cabarets les portes sur leurs gonds,
Emplissant les trottoirs, ébranlant les boutiques
Des marchands bohémiens s'arrachant les pratiques
A coups de boniments qu'interrompt par instants
Le tambour effondré de l'arracheur de dents;
Cris d'enfants qu'on écrase, orchestre des parades
Où défilent toujours les mêmes mascarades,
Hennissements, braîments, aboîments, beuglements;
Les fouets des maquignons, les applaudissements
Des toucheurs de bestiaux recevant leurs salaires;
Un abracadabra d'ivrognes aux galères;
Et pour ciel au tableau, pour dessert au dégoût,
Des chaudrons portatifs tout remplis d'un ragoût

Mijotant à l'air libre, et leur fumée épaisse
Couvrant bêtes et gens d'un nuage de graisse.

Je recherche toujours la foule avec plaisir.
J'y suis seul. Et d'autant plus simples à saisir,
Mes rêves, devenant alors presque plastiques,
Se condensent, craignant pour leurs pudeurs mystiques.
Le vieux lézard du vieux clocher, dans son pilier,
— Dès qu'un badaud réveille en l'antique escalier
Mille sonorités qui gisaient, dédaignées,
Depuis tant de vingt ans parmi les araignées, —
Se blottit, met en rond son axe vertébral,
Et ne pouvant fermer son œil impalpébral
Il retourne, tremblant, son regard fixe et morne
Vers le creux de l'orbite, où l'horizon sans borne
Des pays de l'Esprit n'a pas d'épouvantail.
Mais dès qu'un souffle passe à travers le portail
Il se resserre et craint de voir finir le monde.
Mes rêves sont pareils : dès qu'en la foule immonde
Je les mène, ils sont pleins d'effrois indéfinis,
Et s'enroulent, peureux, dans le fond de leurs nids.

Une baraque était seule au coin d'une rue
Déserte.

Il était là d'une hideur si crue
Ce char-à-bancs rongé par la boue et les poux,
Et porté ras du sol par un vieil essieu roux,
Avec son seul carreau bouché d'un lit de paille
Qui pendait au dehors ainsi qu'une tripaille
Déborde du nombril d'un cadavre verdi,
Que je m'arrêtai net et comme abasourdi.
Un cheval, — une peau par-dessus un squelette, —
Au thorax aussi plat que celui d'une ablette,
Où s'enroulaient, ainsi que des cordes à nœuds,
Autour des ganglions les vaisseaux farcineux,
Secouant le virus de sa pituitaire,
Promenait lentement ses naseaux sur la terre;
Et parfois, roidissant de son vieux cou distord
Les muscles qu'étonnait cet inutile effort,
Crispant son pauvre ventre au long profil concave,
Il relevait la tête et semblait d'un œil cave
Contempler dans l'azur un fourrage idéal.
Et tout ça si vraiment hideux que, sans grand mal,
J'eusse cru tout exprès ces choses fabriquées
Pour un drame rempli d'intrigues étriquées.

Cherchant comme toujours, — pauvre poëtereau!
Un sujet de rimer, — dans ce lourd tombereau
De misère, j'entrai de l'œil et de l'oreille

Par une porte aux ais déchiquetés, pareille
A celle d'un caveau pour les dessins divers
Qu'y formait le moisi, bouchant les trous de vers :
Le tableau valait bien que l'on eût ce courage !
Un homme et sa moitié. L'homme disait : « J'enrage.
Que faire maintenant? c'était tout notre avoir.
Rien que cela pour vivre à peu près et le voir,
Lui, notre gagne-pain, mourir de faim! Femelle,
Fais ce que tu voudras, mais la triple semelle
De mes souliers de route aura plus d'un baiser
Pour ta vieille carcasse avant de s'apaiser.
Je sais bien qu'espérant t'éviter ma gifflée,
Ta langue pour répondre est toujours affilée :
Tais-toi. Prends si tu veux les badauds au collet :
Qu'ils entrent. Montre-leur ton nez ou ton mollet
Si ton chien est crevé, mais j'aurai la monnaie.
— Toujours la même histoire! Où veux-tu que j'en aie,
A la fin, de l'argent! Depuis hier au soir,
Je te dis qu'il est mort. Veux-tu le faire voir
Mort au public? Fais donc, si c'est là ton envie,
Mais prends garde à la rousse! — As-tu de l'eau-de-vie
Pour ma dent creuse? Femme, écoute et m'entends bien,
J'en veux, vole de l'or, si tu n'as plus ton chien.
—Chien! Chien! mais après tout, ce chien, c'est ta famille,
Mais lâche! prends-le donc, si la soif te fourmille
Dans la gorge, remue un peu les bras, allons,

Arrête le public, bats la caisse et roulons!
Mort ou vif, c'est égal : les gens riront en masse
Quand même, si le mort a gardé la grimace
Du vivant. Et regarde : il est tel qu'il était. »

Je vis alors le coin que son bras indiquait,
Et je compris : un monstre, un pauvre phocomèle,
Mort, attendait qu'au ventre immense où pêle-mêle
Tout être va changer sa forme, un fossoyeur
Remît son corps manqué, pour qu'un souffle meilleur
L'y transformât peut-être en nouveau-né splendide.
Cet essai d'être humain, ratatiné, sordide,
Comme une ébauche attend dans un coin d'atelier
Que l'artiste ait repris son ciseau familier,
Pourrissant là, semblait attendre la venue
Du grand générateur à la main inconnue.
Et c'était ridicule! Et du pauvre estropié
Les poignets faisant suite à l'épaule et le pied
Aux genoux, et son front idiotement rogue,
Partant d'un nez pareil à celui d'un bull-dogue,
Fuyait si bosselé sous ses cheveux tondus,
Que les plus généreux se trouvant confondus
Eussent ri forcément de cette mort grossière.

Quoi qu'il en soit, après sa réponse dernière,

La femme se tenait droite près du mari,
Quand celui-ci cria : « Dans mon gosier tari
Comme tu le disais, l'enfer entier fourmille...
Mais qu'a donc ta marmotte? ô ma mie! ô ma fille!
Je crois qu'elle me fait de vilains pieds-de-nez,
Avec ces deux gros nœuds sur ton front ramenés. »
Comme il disait cela, de sa main étalée
Il arracha la coiffe en guenille roulée
Sur le front de sa femme, et deux pièces d'argent
Tombèrent d'une corne et vinrent en roulant
Jusqu'auprès du cadavre : « Ah! la fameuse aubaine!
Va, je me doutais bien que la coiffe était pleine :
Je t'avais vue avec un garçon maquignon.
On ne s'absente pas si tard au mois mignon
De juillet pour aller voir un feu d'artifice,
Quand on est comme vous, femme que Dieu bénisse!
Habituée aux feux de Bengale, aux tambours
De basque. On n'aime point ce qu'on voit tous les jours.
Non. On va travailler, et le bon petit homme
Au retour a de quoi boire un peu de rogomme;
A moins bien entendu qu'on n'ait une moitié
Sans entrailles, ni cœur, ni vertu, ni pitié,
Qui garde ses profits pour elle seule, et laisse
Son doux mari, la bouche en feu, l'âme en faiblesse,
Mourir sans pouvoir même avaler son crachat.
Et je te laisserais faire ainsi : c'est le chat!

Soyons donc plus gentille avec son petit frère :
A moi l'argent, à toi ceci pour te distraire. »

Alors il la jeta le dos sur le plancher
D'un coup de poing, et puis, au lieu de s'étancher,
Sa colère montant, sur la maigre poitrine
Il frappait, et voyant que de chaque narine
Un pâle fil de sang commençait à jaillir :
« Tu rends ton vin! » dit-il. Elle sans défaillir :
« Dis donc, tes coups de pied dans mon ventre sont bêtes,
Car je crois y sentir un enfant à deux têtes. »
En effet la pauvresse était grosse. « Un enfant
A deux têtes! — dit l'homme apaisé, triomphant
De paternel orgueil, — aussi, pourquoi le dire
Si tard? et quand je suis déjà bon à maudire.
Mais soignes-toi, sais-tu, ça serait de l'or, ça. »

Et l'enlevant alors du sol, il l'embrassa.

ENFANTINE

Qu'elle est belle à voir, Madeleine,
Berçant ainsi son nouveau-né
A sa mamelle toujours pleine
Du lait d'amour par Dieu donné.
— Amis, retenez votre haleine;
Plus douce que le vent du matin dans la plaine,
Entendez-vous la vieille cantilène
Qui vous endormit au berceau?

« Fais dodo,
Colas, mon p'tit frère,
Fais dodo,
T'auras du lolo. »

L'enfant dans les bras de sa mère
Bientôt s'endort en souriant.

« Dors, mon bel ange, et que la peine amère
Ne t'enlève jamais ton sommeil confiant. »
Alors, prenant son poupon rose,
Doucement dans son nid la mère le dépose,
Donne un dernier baiser sur sa bouche mi-close
Et chante encor longtemps, tout bas, près du berceau :

« Fais dodo,
Colas, mon p'tit frère,
Fais dodo,
T'auras du lolo. »

Mais, hélas! Dieu pour son cortége
De chérubins choisit l'enfant.
Madeleine en vain le protége :
De ses baisers le croup est triomphant.
— Et sous les ifs penchés du cimetière,
Au milieu du silence austère,
C'est désormais la Mort qui, la nuit tout entière,
Murmure, près d'un tertre étroit comme un berceau :

« Fais dodo,
Colas, mon p'tit frère,
Fais dodo,
T'auras du lolo. »

Qu'elle est triste à voir, Madeleine,
Pleurant ainsi son nouveau-né.
Las! sa mamelle en vain est pleine
Du lait d'amour par Dieu donné.
— Amis, retenez votre haleine,
Plus sombre que le vent de la nuit dans la plaine,
Entendez-vous la vieille cantilène
Que dit la pauvre folle autour d'un froid berceau :

« Fais dodo,
Colas, mon p'tit frère,
Fais dodo,
T'auras du lolo. »

VIEILLE CHANSON

Partons, ô ma chérie! Allons, quittons la ville,
Et les chemins frayés et leur poussière vile,
Et les cancans maudits de nos voisins méchants;
Car monsieur de Phébus dans son orbe étincelle
Et de son disque d'or la chaleur qui ruisselle
Ramène les chansons et les fleurs dans les champs.

Comme deux écoliers nous courrons la campagne.
Tu verras que c'est bon d'aller sur la montagne
Quand au loin le matin commence à resplendir;
Tu verras que c'est bon de boire à bouches pleines
L'air libre, et que c'est bon d'emporter dans les plaines
Les beaux amours qu'avril au cœur fait reverdir.

A midi, nous irons à l'ombre sous les chênes.
Viens. Nous irons dormir sous le fouillis des chaînes

De viorne enlaçant les rameaux éclatants.
Les arbres ont vêtu leurs robes printanières
Et semblent convier sous leurs vertes bannières
Tous ceux qui sont joyeux de revoir le printemps.

Dans les grands bois, vois-tu, toutes les choses aiment.
Les vieux arbres géants aux quatre horizons sèment
Sur l'aile du zéphyr leurs germes fécondés ;
Le rayon de soleil joue avec l'ombre humide ;
Et regarde, là-bas, ce ramier qui, timide,
Baise de son bec blanc les ruisselets ondés.

Dans le recueillement des monts, des bois, des plaines,
On entend palpiter ces vivantes haleines
Qui peuplent l'air des cieux après l'âpre saison.
Quels corps animez-vous, respirations douces?
—Viens dans l'hymne des bois, des rochers et des mousses,
Fêter de nos vingt ans la sainte floraison.

Ah ! se perdre à vingt ans, parmi la forêt sombre !
La lumière du jour, qui s'y tamise d'ombre,
Semble un doux crépuscule aux amants préparé,
Et ton babil et ceux des oiseaux sous la feuille
Ne forment qu'un seul chant que mon âme recueille
Et mêle à ces parfums dont l'air est pénétré.

Se perdre à vingt ans, fous, parmi la forêt grave!
Comme près de la femme aimée on a l'air brave
Quand, l'ombre épaisissant, elle a froid ! elle a peur !
Car dans les bois profonds qu'un long regard de femme
Fait luire dans nos yeux de ces désirs de flamme
Dont bouillonne le sang et s'élargit le cœur.

Et quand du soir béni les mystérieux voiles,
Laissant tomber sur nous la fraîcheur des étoiles,
De peur du coryza l'on s'emmitouffle un peu;
A cet instant paisible où le vent qui s'élève
A des frissons craintifs comme un enfant qui rêve,
Comme ces cils jouant au coin de ton œil bleu;

Alors nous rentrerons vers la chambre chérie
Où notre amour, cachée à toute raillerie,
Éclate de rire à chaque angle tu taudis :
Doux nid plein de jeunesses aux idéales choses
Où ton col est plus blanc et tes lèvres plus roses,
Où nos deux cœurs perdus ont plus chaud.—Viens-tu, dis?

NINI

Ma Nini, c'est un sourire
Jouant sur des dents de lait.
Nul n'essaiera de décrire
Ce ris-là, s'il le connaît.

Ma Nini, c'est deux prunelles
Alertes comme un feu fol
Illuminant d'étincelles
L'arc d'un sourcil espagnol.

O mes désirs! A ces lèvres,
Corail aux tons éclatants,
Au feu de splendides fièvres
Embraser mes dix-huit ans.

C'est bien vrai que l'on devine
Dans les frissons veloutés,
Des ailes de sa narine,
Qu'elle a soif de voluptés.

Le moins amoureux du monde
Subit de vagues tourments
A voir de sa hanche ronde
L'accord des balancements.

Ses cheveux bruns, avec grâce,
Libres dans tout leur éclat,
Font de son épaule grasse,
Ressortir le satin mat.

Raillant la ferme baleine
Du corsage à grands dessins,
La musique de l'haleine
Chante la rondeur des seins.

Combien donneraient sans peine
Ame et tête, cœur et sang,
Pour un baiser sur la veine
Bleuâtre de son col blanc?

Quant à ses goûts, sans bravade,
Ce sont les seuls bons, vois-tu.
Elle n'aime la panade
Qu'un peu, comme la vertu.

Mais elle adore, en revanche,
Le réveillon du matin,
Point d'orgue d'une nuit blanche
De bal, au pays latin;

Du jeudi les courses franches
A Joinville et Robinson,
Où sa gaîté sous les branches
Fait plus de bruit qu'un pinson;

Et ces longs soirs où j'enlace,
En vers bien ou mal croqués,
Mon amour à ceux de race,
A ceux de mes « chers toqués. »

Car c'est ainsi qu'elle appelle
Tous ceux-là que je chéris;
Ceux dont la rime ensorcelle
Les critiques ahuris;

Ceux que rien ne morigène,
Ceux qui partent sans biscuit,
Dans la pleine eau du sans-gêne,
Droit où l'Amour les conduit.

Enfin, elle aime d'enfance
Un lit grand comme le doigt.
Pourquoi faut-il que je pense
Aux trois termes qu'elle doit!...

LUCY

Qu'elle est belle ainsi, doucement penchée
Sur les bords ombreux de l'étroit ruisseau,
Pour l'œil du rêveur vainement cachée
Près du pied moussu d'un frêle arbrisseau.

Mais j'eus pour maîtresse une fleur plus belle,
Et plus fraîche encor, plus modeste aussi.
Ah! mon âme, amis, se souvient bien d'elle,
Et pleure toujours au nom de Lucy.

Quand d'un jour d'été la chaleur avide
De la violette a pris la fraîcheur,
Sa tige se courbe, et de parfum vide,
Son calice alors penche avec douleur.

O jeunes amours! lorsque votre ivresse
Avait attiédi son âme et son sang,
Telle je voyais ma blonde maîtresse
Pencher son front pur, courber son col blanc.

C'est la nuit! c'est l'ombre! Un peu de toilette,
Et la fleur reprend un charme nouveau,
Car la Vierge passe et sous sa voilette
Lui jette un regard, une goutte d'eau.

Et voyez alors comme son calice
Épand tout joyeux son plus doux parfum!
Fier, il sent la perle humide qui glisse
Sur sa robe bleue, et renaît enfin.

Mais Stella pâlit, mais la nuit s'achève,
Mais le soleil monte au clair firmament.
La rosée alors en vapeur s'élève,
Et la pauvre fleur perd son diamant.

Telle à mon départ une larme claire
Vint de ma Lucy mouiller les beaux yeux...
Mais l'ingrate, hélas! pour à d'autres plaire
Retrouva bientôt leur éclat joyeux.

SUR

UNE PAGE DES CHATIMENTS

Quand j'ai marché longtemps parmi les vastes plaines,
Quand m'ont tout alangui l'apaisement des champs
Et ces bruits endormeurs dont les forêts sont pleines,
Laissant mes songes creux aux vieux arbres penchants,
J'aime à revivre entier sous le fouet de tes chants.

J'entends battre plus fort le rhythme de mes veines ;
Dans ma poitrine, l'air, plus libre, est aspiré ;
Incarnez-vous en moi, purs amours, justes haines,
Dont tout cœur encor vierge, ô poëte inspiré !
A ta parole ardente est bientôt pénétré.

Isaïe! O puissant fils d'Amos, Isaïe!
Comme au temps d'Ozias, viens, venge à la clarté
Du grand soleil des cieux la justice trahie.
Viens dire au roi, viens dire au prêtre détesté,
Qu'ils sécheront de faim dans leur iniquité.

Ils s'en vont ricanant à tes appels aux armes,
Les bandits triomphants dans tes vers flagellés!
Et s'ils ont peur parfois, écartant leurs gendarmes,
Ils se montrent entre eux leurs bons peuples soûlés
D'ignorance et de lie, et dorment consolés.

Car c'est ainsi qu'on voit ces coureurs d'aventures
Agir pour te garder, ô peuple! en ces licous
Dans lesquels t'ont rivé leurs lâches impostures.
Le tigre au chasseur brave oppose un fier courroux,
Mais il reste accroupi quand le rongent les poux.

Pardonne au peuple sourd. Car dans ses gémonies
Comme l'espoir, tes chants vengeurs sont défendus;
Et dis toujours, ô Maître! A tes lèvres bénies
Nous autres, jeunes gens, nous sommes suspendus,
Et tes appels par nous sont du moins entendus.

Fièrement reposé dans la foi de sa force,
Le vieux chêne géant laisse les aquilons
Mugir, et mordre en vain l'acier de son écorce;
Et calme, grave, il jette à travers les vallons
Sa favilla sacrée à tous les horizons.

O prophète! quand donc luira-t-il sur la France
Le jour que tu prédis? le jour en qui je crois?
Quand se lèvera-t-il ce jour de délivrance
Qu'attend le peuple las, où, pleins d'âpres effrois,
Sous leurs trônes tombés mourront les derniers rois!

Où ces prêtres, parlant du Dieu de Christ, — l'unique,
Celui vers qui les bons parviendront sans effort, —
Ne blasphémeront plus sur leur autel inique,
En en faisant un Dieu de misère et de mort
Qui vend comme un onguent son pardon pour de l'or?

Ah! s'il est vrai qu'à l'heure où fuit l'âme immortelle,
Dieu fait à ses élus voir les temps à venir,
Christ! Christ! pour quels sanglots ta bouche s'ouvrit-elle,
Et dans quel désespoir ton cœur dut-il mourir
En pressentant nos jours usés, bons à pourrir?

Mais non. Ton beau sang rouge au sommet du Calvaire
Ruisselait sur la croix de ton corps en lambeaux ;
Or, te sentant passer dans l'infini-sévère,
Tu jetas un sourire aux terrestres tombeaux,
Puis mourus sans un cri — qu'un pardon aux bourreaux.

C'est que tu les a vus par delà les ténèbres
S'amassant au sommet du Calvaire honni ;
Par delà le mont chauve aux stations funèbres,
Où résonnen toujours, tout autre écho banni :
Éloï, Éloï, lamma sabbachthani ;

C'est que tu les as vus par delà la barrière
Des lointains confondant leur morne immensité ;
Par delà nos soleils, dans la pleine carrière
Où l'Incréé connaît de toute éternité
Tout siècle à naître encor comme s'il eût été ;

C'est que tu les as vus ces jours inéluctables
Que n'enrayeront point les crimes ni les peurs,
Où l'active justice, enfin broyant leurs tables,
Les prêtres et les rois, ces couples de trompeurs,
Tomberont dans la nuit des fécondes stupeurs.

Frères! en vérité, les temps nouveaux sont proches
Où les bons concourront à devenir meilleurs,
Pendant que les méchants rentreront sous les roches.
Assez d'errements vils! Nous avons place ailleurs
Que dans l'Halceldama des modernes frayeurs.

Aux armes! Lavez-vous, pauvres bouches flétries,
Dans l'hymne triomphal des peuples délivrés.
Aux armes! Et crachant, ô Polognes meurtries!
Votre esclavage au front de vos tzars exécrés,
Fer aux mains, sang aux pieds, chantez les chants sacrés!

Août 1869.

DIGESTION

A Joséphin Soulary

> Par suite de la réplétion du réservoir gastrique, l'animal devient lourd; il manifeste de la tendance au repos.
>
> COLIN, *Physiologie comparée*, t. I, page 562.

I

Moi, mon idée
Quant au bonheur,
En tout honneur,
Est décidée.

C'est qu'il n'est rien,
Rien de bon comme
Faire un long somme
De vieux doyen,

Quand tête et ventre
D'un bon dîné
Bien ordonné,
Sont pleins. On rentre.

A peine est-on
Couché : plus d'homme !
On ronfle comme
Un mirliton.

Et mille rêves
Graves ou fous
Viennent sur nous
Des hautes grèves,

Des régions
Du jour suprême
Où l'ombre même
A ses rayons ;

Des nadirs sombres,
Des bleus zéniths,
D'où sont bannis
Logique et nombres ;

Des univers
Sans fond ni base
Qu'emplit d'extase
L'âme des vers.

La fantaisie,
O chers essaims !
Baigne vos seins
Dans l'ambroisie ;

Vos fins poignets
Ont pour parures
Des ciselures,
D'étroits sonnets.

De claires trames
D'alexandrins
Ceignent vos reins
D'épithalames,

Et sous vos cils
L'œil luit encore
De plus d'aurore
Que nos avrils !

II

Je veux les voir encore, ô chimères splendides!
Les rires embaumés de vos lèvres candides,
Vos rires éclatants!
Je veux vous voir encor dans l'air lustrer vos ailes
Pour en faire neiger les blondes étincelles
Sur mon front de vingt ans.

O chères visions de mes nuits tant connues!
Je veux les voir encor de vos décences nues
Les chastes impudeurs;
Je veux les voir encor dans vos fins nombrils roses
Les quatrains ciselés nicher, paupières closes,
Colibris dans les fleurs

Dans les plis gracieux des bouches emperlées
Les cantiques remplis d'amours immaculées
Ont des frissons d'enfant :
Quand le soleil blondit les épis des venelles,
Ainsi la perdrix mère a des battements d'ailes
Sur son nid triomphant.

C'est la lune nouvelle aux blancheurs de l'aurore
L'arc d'un sourcil de jais sur un front incolore
Qu'aucun pli ne niella ;
Et la prunelle, sous les longs cils épanchée,
A d'humides lueurs, comme sous la branchée
Un rayon de Stella.

Et le soulèvement de vos blanches poitrines,
Et le balancement de vos hanches divines
Est mille fois plus doux
Que le soulèvement de la plus molle lame,
Que le balancement du saint épithalame
De l'épouse à l'époux,

Alors, ô visions ! qu'enfin désenrhumées
Les rimes sous mon crâne éclosent aux fumées
Des bons vieux vins vermeils,
Et que vous descendez dans la nuit lumineuse
Rougir en les posant sur ma lèvre vineuse
Vos transparents orteils.

Mais pourquoi ce retard, ô mes amours sereines ?
Qui me vaut aujourd'hui ces hontes souveraines ?
Quels crimes exécrés ?

Avez-vous vu par moi votre grâce salie?
Et le vin de ma lèvre a-t-il mis de sa lie
A vos orteils sacrés?

Si la femme d'hier d'une autre fut suivie,
Si j'ai laissé sécher des lambeaux de ma vie
A tant d'ignobles clous,
Si je veux ressembler à ce bronze inflexible
Pour qui toute fêlure est l'ulcère invincible,
Pourquoi? Le savez-vous?

C'est que l'amour humain me semble une fêlure,
C'est que j'aimerais mieux me voir dans la salure,
Comme viande à l'encan,
Que d'être le valet d'une femelle altière.
Ma chair à tous les coins, soit. Mais je garde entière
Mon âme, et sans carcan.

Aussi, je veux donner la première venue,
— Pourvu qu'elle soit bête et belle toute nue, —
A ma soif du moment;
Mais la soif de mon âme, ô chimère bénie!
Par sa puissance a droit à ta coupe, et renie
Tout autre apaisement.

J'en ai trop tôt connu de vos amours humaines!
Un seul essai, peu long, à peine deux semaines,
Et ces quinze jours-là
M'ont fait si froid au cœur que j'en frissonne encore.
— C'était un soir d'été. De sa lèvre sonore
Un baiser s'envola,

Un long baiser, bercé comme un accord rhythmique,
Pudiquement voilé du réseau balsamique
De ses cheveux flottants;
Il s'en vint se poser sur ma lèvre, et sa bouche
S'endormit là, pendant que j'écoutais, farouche,
Battre aux champs mes vingt ans.

Comme prise d'un mal de langueur, l'œil atone,
Son doux profil perdu comme un lointain d'automne,
Sur mon cœur étouffant,
Je la berçais, craignant ce malheur effroyable
Que mon souffle altérât la blancheur ineffable
De son sommeil d'enfant.

Eh bien! un soir d'été, j'ai vu la même femme
— Cheveux flottants, — aux bras d'un proxénète infâme,
Qu'elle payait d'ailleurs,

Avoir même baiser, même langueur et même
Sommeil d'ange, et de plus, pour mon amour suprême,
De gentils mots railleurs !

Alors je commençai l'éternelle rengaîne :
Gages brûlés, rougeurs subites, de la haine,
Une virginité
D'un mois, gastrite et maux de cœur !... Puis, plus entière,
Je retrouvai ma faim, et plus calme et plus fière
Me revint ma gaîté.

Quoi ! je verrais sitôt ma franche humeur bannie !
J'augmenterais d'un nom la longue litanie
Des amoureux pleurards,
Dont les sanglots rimés, comme fruits et pastèques
Au vinaigre, vous ont dans les bibliothèques
Le rance des vieux lards !

Plutôt cent fois la mort que cette inappétence
Qu'amènent les amours trompés ! C'est la potence
Pleurant sur le pendu,
Qu'un rimailleur pleurant sur sa muse imparfaite.
Tout nœud coulant est fait pour pendre, et tout poëte
Pour être gras tondu.

Le Dormir long et plein, le Manger et le Boire,
C'est la vie. Avec ça, par delà l'ombre noire
De nos réalités,
Marcher les yeux toujours fixés sur l'éther calme,
Pour tâcher d'y cueillir la triomphante palme
Des rhythmes enchantés.

LA DERNIERE NUIT BLANCHE

I

Buvons, chantons, rions, ô mes amis joyeux !
Que le feu de l'orgie étincelle en nos yeux
Et sur nos fronts flamboie !
Profitons de nos jours : Dieu nous les ménagea.
Nous naissons, — que la mort, sur nos talons, déjà,
Chienne affamée, aboie.

Tout dans la vie est faux, sauf l'ivresse et l'amour.
Aussi de tous les crus versons-nous tour à tour
Et battons la campagne,
Et qu'on chasse d'ici ceux qui s'endormiront
Sans s'être au moins noyés trois fois jusques au front
Dans le vin de Champagne.

Déjà la nuit s'endort dans le creux des vallons,
Qu'aux coteaux le soleil donne encor des rayons
Pour les vignes muettes.
Salut! ô cher soleil dorant les beaux grains verts!
Les grappes de raisin font les grappes de vers
Aux lèvres des poëtes.

La paysanne brute a le bras tenaillé.
Sans répit, ses ciseaux à plein angle ont taillé
La vigne enfin mûrie.
Lui, des ceps au pressoir tout le jour a couru.
— La femelle est poussive et le mâle est fourbu :
Mais la cuve est remplie.

La femelle est poussive et le mâle est fourbu.
Mais que celui de nous qui n'a pas encor bu
N'ait pas l'âme angoissée.
La cuve bout! Le cep n'est pas agonisant!
C'est pour nous qu'il grandit. Toi, lèche, ô paysan,
Ta femelle poissée.

La vis du pressoir grince et met son pas en feu,
Chassant des vieux étais qui craquent à ce jeu
Le faucheux solitaire...

Pauvre faucheux! va. L'homme est ignoble, vraiment.
Il mange et boit la mort, et son reniflement
Tue un monde à la terre.

Mais la cuve engloutit la séve du sarment,
Et le vin monte et bout, rempli d'un chaud ferment,
Et comme les flots vibre;
Puisse ainsi notre sang bondir dans notre cœur
Plein du hardi ferment d'amour, l'amour vainqueur,
L'amour sonore et libre.

Or donc, dit Rabelais, versez verre pleurant.
— Mais, par Bacchus! pourquoi cet air indifférent
Chez la fille d'en face?
A l'envers son œil calme! Holà donc! son voisin,
Baise-la sur les dents, et lui versant du vin
Déraidis-lui la face.

Notre âge est cependant le meilleur, ô catins!
Nous sommes aussi loin des novices matins
Que des nuits sans mémoire.
Ce n'est plus la saison des amours de vingt ans,
Où l'on ne trouve plus, dès qu'on aime, le temps
De manger ni de boire.

Mais ce n'est pas encor ce moment bête et laid
Où qui n'a pas le spleen est un être incomplet,
Moment très-ridicule
Où, parce qu'on aima, qu'on rit, qu'on s'enivra,
On croit que le neveu qui refait tout cela
Vous plagie et récule.

Livrez-vous donc à nous, filles, avec fierté;
L'amour n'est vraiment bon qu'en toute liberté,
Au grand jour intrépide.
Bas tout linge agaçant nos nerfs et vos contours!
Pour vos torses polis sous nos franches amours
La pudeur est stupide.

Quel rubis vous vaudrait ce grand punch flamboyant?
Il redonne à vos yeux, son reflet s'y noyant,
Une ardeur incroyable.
Ah! si les feux d'enfer à ceux-là sans pareils,
Tout emparadisé des éternels soleils
Doit envier le diable.

Car il nous faut du punch : c'est la mode, bon Dieu!
Tout rapin convaincu doit en mettre au milieu
De ses premières toiles.

Demandez aux papas chauves ou chevelus;
Qui s'enivre sans punch est un pleutre : il n'a plus
Qu'à bayer aux étoiles.

Messieurs, versez-m'en donc plein ma tête de mort.
C'est d'un très-grand effet romantique, d'abord;
Et puis, mesdemoiselles,
Ce crâne n'eut jamais tant d'esprit qu'en voilà :
C'est celui d'un amant trompé, qui s'étrangla
Avec ses deux bretelles.

Hourra! soufflez le punch! le hardi bacchanal
Est enfin commencé. Dans un branle infernal
Devant moi tout s'élance...
Hourra! maisons, forêt, la rivière et le pré,
Tout est pris de vertige et bondit, enivré,
Dans un paphos immense.

Tournez! tournez encor! détachez-vous du sol,
Rochers de la montagne, et prenant votre vol,
Mêlez-vous à la ronde.
Étoiles de la nuit, brouillards aux sombres flancs,
Descendez et venez tourner avec les champs :
C'est la noce du monde!

Amis! soyons-en tous l'orchestre... Do, ré, mi...
Que tout couple d'amour près de nous endormi
Garde un calme d'eunuque;
Mais que les bons bourgeois mitonnés dans leur lard
Croient à la fin du monde et tirent au renard
A s'en casser la nuque.

Vins, femmes et chansons, ô sainte Trinité
O Trois! nombre mystique, en ta divinité,
Moi, je crois, je le jure :
Car un verre, une femme, une lyre ont formé
Les trois côtés divins du triangle enflammé
Dont Dieu fait sa coiffure.

II

Quand il eut terminé cette longue algarade
Il chercha d'un coup d'œil sur chaque camarade
L'effet de son discours, et fut fort ennuyé,
En voyant que pas un ne l'avait essuyé:
Tous dormaient lourdement. Il partit par les rues.
Arrivé près d'un pont il s'accouda longtemps
Sur le froid parapet, et ces vérités crues

Jaillirent de sa gorge en lui râpant les dents :
« O mes vieux vingt-cinq ans ! ô mon expérience !
Que n'ai-je encor point vu pour arriver à vous ?
Mes bras ont secoué tout arbre de science ;
J'ai mis sous tous leurs fruits mes lèvres en courroux ;
Et qu'ai-je récolté ? Cette creuse gerçure
Aux lèvres ; à mes bras, la sourde courbature.
Mes préjugés sont loin, c'est vrai. Mais j'ai des trous
Si douloureux au cœur que la sainte nature
N'a pas pour les panser de baumes assez doux.
— O la chambre de ferme aux poutres alignées,
Où vous vous accrochez aux toiles d'araignées,
Bonnes vieilles odeurs du bon vieux pot-au-feu !
Ces solides bancs-là valent bien une chaise ;
Si la table est sans nappe, on y mange à son aise ;
Si l'énorme soupière est ébréchée un peu,
Il ne ménagea point son pinceau fantaisiste
L'artiste qui peignit tout autour une piste
De moines poursuivant des vierges au nez bleu ;
Et si le cristal manque, une cruche géante
Est pleine jusqu'aux bords de ce clairet nouveau
Qui se verse à plein verre et qui se boit sans eau,
Qui petille, étincelle, et mousse, et claque, et chante
Comme un refrain naïf rappelant la gaîté,
Au jeune qui le boit, des vieux qui l'ont planté.
Ah ! c'est qu'ils sont bien las. Ce fut rude journée.

Le père a dix sillons de terre retournée :
Quatre de plus qu'hier! Et la mère a couru
Peut-être douze fois de la maison au ru,
Pour rincer tout son linge et finir la lessive,
Car c'est demain dimanche, et la grand'mère arrive :
Il faut que tout soit propre. — O bonheur insolent!
Riez! ô gens d'esprit, d'argent et de talent!
O graines de Byron! ô splendides donzelles!
A vos dents va si bien le bon mot fortuné.
Riez! moi je préfère à toutes vos dentelles
Le lange que Goton coud pour son nouveau-né,
Pendant que ses grands bœufs dorment sur les javelles.
— O la sainte famille où le père adoré
Tend au berceau les bras et prend l'enfant sacré,
Lui donne un chaud baiser sur sa bouche mignonne,
Sur sa première dent, et de sa large main
Rendurcie à casser les cailloux du chemin,
Lui tapote la fesse où la chair ferme sonne,
Et le passe à la mère, et le pend à ces seins
Pleins de lait virginal, du vin d'amour tout pleins.
Sancta Mater! Mater admirabilis! Mère
Ineffable, ah! malheur à qui ne te vénère!
O femelles de honte! ô gaupes! soie et fard!
Vous qui m'en avez fait rire dans une orgie,
Allez tâter le zinc des tables de Clamart!
Mais toi-même, dis donc, qu'as-tu fait de ta vie?

Et que ferait ta mort? Dans son flux et reflux
Le flot continûra de monter et descendre,
La terre n'en sera pas plus lourde de cendre
Pour à peine un boisseau de pourriture en plus. »

Alors, il s'éloigna. Puis, comme plus d'un autre,
Il devint raisonnable, et lui, l'ardent apôtre
De Rolla, d'Albertus, il courut travailler.
On le vit suivre un cours quatre fois sans bâiller.
Aussi le reçut-on, pour ce fait exemplaire,
Avocat. Aujourd'hui c'est un parfait notaire.
Même on vient d'exaucer son seul rêve : il voulait
Devenir conseiller municipal :

Il l'est.

LE LION

Malgré toute l'ardeur des forces primitives,
La fatigue bientôt les éteignit, hélas!
Or, l'épouse lui dit ces phrases fugitives :
« Maître, n'est-il pas vrai que vous êtes bien las?

« Je crois sous chaque pied sentir brûler la terre.
Le sable le plus doux m'écorche les talons.
J'ai soif. Je bois. Et l'eau davantage m'altère.
L'eau la plus fraîche bue au plus frais des vallons.

« Pourtant je marche seule, et vous sans plainte amère
Vous marchez en berçant votre Hénoch dans vos bras,
Et souvent même aussi vous y bercez la mère.
Maître, n'est-il pas vrai que vous êtes bien las? »

Ils s'assirent au bord du grand Physon, le fleuve
D'Hévilath, qui s'attarde à ronger ses détours,
Comme s'il regrettait la source qui l'abreuve
Là-bas, au clair jardin des néfastes amours.

L'épouse, et puis l'époux, harassés, s'endormirent.
Mais l'enfant, monté sur un arbre à bdellion,
A ces flots où toujours l'or et l'onyx se mirent,
Mirait son doux regard, quand un fauve lion

S'approcha, grommelant, du rivage où le père,
Farouche, reposait, le front sur les genoux.
—Ses yeux tout grands ouverts brûlaient comme une paire
De charbons, et sa langue, autour du mufle roux,

Promenait lentement un lourd enduit de bave
Grasse et nauséabonde afin de l'assouplir.
— Cependant les aïeux dormaient sous un ciel hâve
Dont les mornes lointains finissaient de s'emplir

Du silence propice aux actions funèbres.
Le lion s'élança. Mais le fils blond, Hénoch,
Belluaire hardi, debout dans les ténèbres,
Le prit dans sa main, comme en la fente d'un roc.

Et l'enfant souriant, au-dessus de la tête
Du lion épeuré levait déjà le poing,
Quand Adah s'éveillant lui fit lâcher la bête,
En murmurant, tout bas : « Fils, tu ne tûras point. »

Un long rugissement chassa le crépuscule
Et rompit sous son poids tous les échos des airs,
Et le fauve essuya la marque ridicule
Des cinq doigts de l'enfant sur le vent des déserts.

Et ceci se passa la neuvième journée,
Qu'obéissant au fouet de son destin fatal,
Sans s'être seulement une fois retournée,
La Famille fuyait loin du pays natal.

ALCÔVE BOURGEOISE

A jeune femme, il faut jeune mari.
Le Sire de Framboisy.

Les rayons bleus de la lampe de porcelaine
Feraient un demi-jour adorable en l'alcôve,
Si le front du banquier qui ronfle à perdre haleine
Ne les concentrait pas sur son vieux miroir chauve,
Les rayons bleus de la lampe de porcelaine.

Parfums suaves, grands lis blancs, ébène et roses,
Sous le tiède édredon l'épouse qui s'observe
Est tenue en éveil par des ennuis moroses,
En vous voyant ainsi mourir dans la réserve :
Parfums suaves, grands lis blancs, ébène et roses.

Ah! sombre énervement des jeunes épousées
Qu'emplissent les désirs sacrés de la matière,
Et qui, près d'un vieux mou d'homme, les mains croisées,
Sous la nuque, ont les yeux clos la nuit tout entière.
Ah! sombre énervement des jeunes épousées!

Va, je te connais bien, mère de tant de crimes!
Mais au moins, solitude infâme, moi je t'aime,
Et je sais, tes feux sourds, les éteindre en mes rimes.
Mais elle, ô passion! elle attend ton baptême.
Va, je te connais bien, mère de tant de crimes!

Pauvre femme, en ton cœur se roule une couleuvre :
Le tourbillon sournois des appétits nocturnes.
Ta main allume, errant sur ton corps, blanc chef-d'œuvre,
Aux pores de ta peau des volcans taciturnes.
Pauvre femme, en ton cœur se roule une couleuvre.

Elle cache ses yeux dans son coude d'ivoire,
Et les rouvre parfois pour voir son vieux qui ronfle
Et le mucus qui mousse aux coins de sa mâchoire.
Alors, pendant que d'un hoquet son sein se gonfle,
Elle cache ses yeux dans son coude d'ivoire.

Sous les rayons de la lampe de porcelaine
Le berceau fait entendre un doux bégaîment : Mère.
— Elle baise son fils et s'endort, toute pleine
De bonheur, car l'enfant la fait rêver du père
Sous les rayons de la lampe de porcelaine.

CHEVEUX DORÉS

Ah! zéphyr, haleine embaumée,
Doux chanteur des rayons de mai,
Des cheveux de ma plus aimée
Tu fais ton nid accoutumé :
Prends garde!

Ah! tu peux dans ta libre voie,
Courir partout, tout est à toi,
Et sur ce front, ma seule joie,
Tu t'endors sans souci de moi :
Prends garde!

Ah! laisser ainsi, désolées,
Les fleurs dans les bois, dans les blés,
Dans les plaines immaculées
Pour ces blonds cheveux ondulés!
Prends garde!

Ah! téméraire, qui murmure
Et se rit de mon conseil sûr,
Aux anneaux de sa chevelure
D'accrocher ton aile d'azur,
Prends garde!

Oui, prends garde à ton aile entière,
Car ces cheveux, comme un éclair,
Si les touche un fil de lumière
S'allument et flambent dans l'air.
Prends garde!

SOUVENIR DE CHAMPIGNY

A Pron, Dufresne et G. Prieur

C'était le soir du deux décembre. Les canons,
Un à un se taisaient. Nous nous passions les noms
Des amis qu'on avait vus tomber. Quelques balles
Mortes nous arrivaient encor par intervalles.
Un voisin s'affaissait. Un court moment d'effroi
Vous saisissait, et puis « ça pourrait être moi, »
Disait-on, devenus terribles de cynisme;
Et chacun, resserré dans un triple égoïsme,
Continuait d'un pas automatique et lourd.
Ah! dam, le plus vaillant, harassé, gelé, sourd,
Tête vide, cœur vide, et vides les entrailles,
Indifférent à tout, aux blessés, aux mitrailles,
Cette heure-là semblait aussi mort que les morts
Dont à chaque moment il enjambait les corps,

Et marchait comme un chien aveugle, à l'aventure,
Enroulé dans sa tente et dans sa couverture,
Et, je crois, eût donné quatre doigts de la main
Pour trouver un bidon rempli sur son chemin.

Nous marchions à travers les vignes, à l'extrême
Gauche de Champigny. Dans le ciel d'un gris blême
On voyait cependant luire quelques rayons,
Assez pour éclairer les autres bataillons
Que l'on croisait parfois. Au détour de la sente
Que nous suivions et qui se trouvait à mi-pente
D'un coteau rabougri, nous vîmes entre deux
Carrières, un tableau bien triste et bien hideux
Pour nous, soldats d'hier, bons paysans de Brie
Dont pas un n'avait l'âme encor bien aguerrie.
La marche commençait à nous remettre un peu.
On savait qu'il était temps d'allumer le feu,
De camper, de croquer un biscuit à son aise,
Et de fumer sa pipe assis devant la braise.
Nous n'avions pas mangé depuis la veille au soir.
On était joyeux presque! Et que je voudrais voir
A ce métier, pendant une seule semaine,
Ceux pour qui ces détails de la faiblesse humaine
Ne comptent pas, ceux-là qui nous criaient partout,
Dans les clubs, les journaux : « Allons, debout! debout!

Une âme en feu se rit du froid de l'atmosphère.
Tous en avant! Du pain, des fusils, pourquoi faire?
Il suffit d'un bâton pour casser des magots. »
— Ah! dégoûtants braillards!

Couchés en rangs égaux,
Ils étaient là, deux cents des morts de la journée,
Les bras serrés au corps et la face tournée
Vers le ciel, artilleurs, lignards, moblots venus
De tous les coins, ici mêlés et confondus,
Les pauvres morts obscurs, la plèbe des batailles
Qu'on enterre au tas, comme un fumier aux semailles.

Auprès quelques soldats leur creusaient deux grands tr

Dans nos rangs arrêtés nous écoutions les coups
De pioche qui sonnaient sur la terre durcie,
Lorsque notre clairon dit d'une voix transie :
« Vous savez, je ne suis pas bien méchant, je suis
Un moblot de chez nous, et non pas de Paris
(Tout Parisien pour lui n'était que bon à pendre),
Eh bien, je donnerais je ne sais quoi pour prendre
Le bon monsieur Guillaume et Napoléon III,
Le petit Louis et le grand Fritz, tous les rois

Et tous les empereurs, avec chacun leur femme,
Et pour avoir le droit de me réchauffer l'âme
A vous les flanquer tous, sans pitié ni remords,
Dans ces trous, tout vivants, tout crus, sous tous les morts.»

SOIR RÉALISTE

Je suis le réaliste, ami des grillons noirs.

Quand le vent fait tomber la pluie en larges gouttes,
Riant du voyageur attardé sur les routes
Près d'un feu bien flambant je passe tous mes soirs.

Mon œil suit dans les coins du plafond de ma chambre
La spirale qui fuit, légère et couleur d'ambre,
De mon bon vieux culot d'homme sans préjugés.

Je lis, je dors, je bois, je pense à ces temps bêtes
Que tous ces grands blagueurs qu'on appelle poëtes
Chantent sur tous les tons dès qu'ils se voient âgés :

Temps des longs rêves! temps des premières années!
Temps des pures amours! temps des roses fanées!
Temps des balcons! temps des guitares! — Temps maudits!

Et, tiens, que voici bien ton symbole, ô jeunesse!
— L'ouragan de minuit hurle et cogne sans cesse
Aux contrevents de mon solitaire taudis;

L'eau tombe comme à flots; mon chien, vieux philosophe,
Semble écouter dormir les mites dans l'étoffe
Du canapé passé qu'il partage avec moi.

Que tous ici, le maître, et le chien, et les mites,
Tête froide et pieds chauds, comme de saints ermites
Nous nous accordons bien pour dormir sans émoi.

Mais entends-tu passer au milieu des vacarmes
Extérieurs, comme un sinistre appel aux armes
Que lanceraient les noirs clairons de l'ouragan?

Eh bien, ces cris stridents, ces rugissements rauques,
C'est un hymne d'amour qu'un minet aux yeux glauques
Rimaille sur les toits... O chat extravagant!

O mon chat! cher minet à la douce moustache,
Au poil immaculé que l'ombre d'une tache
Salirait, au nez rose, aux gestes de velours,

Toi qu'hier un papier au bout d'une ficelle
Amusait tant, toi qui voulais du vermicelle
Dans ton lait du matin, et mes vieux tapis lourds,

Et mon mol édredon pour mettre tes pieds roses,
Vois-tu comme Vénus fait tes chansons moroses,
Trouble tes nuits et rend ton poil tout emmêlé?

Il aura vu passer quelque chatte infernale,
Et le voilà qui fait sur les toits un scandale
Horrible, en sentant fuir son pauvre cœur fêlé.

Et la chatte pour qui dans l'orage il s'enrhume,
Dans un grenier bien clos ronronne, pose et hume
L'âcre odeur des sueurs d'un matou bien râblé!...

Car aujourd'hui c'est ça qui dompte les amantes.
O pâle enfant! pendant que, toi, tu te lamentes
A la porte, pendant qu'à genoux, accablé

Et gelé, sur le seuil d'où l'on voit sa fenêtre,
Tu joins les mains et mets ton âme et tout ton être
Dans tes yeux pour voir quoi? l'ombre de son rideau!

Pendant cela, te dis-je, ô jeunesse candide,
Ta Béatrix, hurlante, indomptable, splendide,
Bat des flancs sous la main de quelque porteur d'eau.

Et ce vent de la nuit qui fige dans tes veines
Le plus pur de ton sang, c'est leurs chaudes haleines
Qui se condensent en descendant jusqu'à toi;

Et ce point lumineux qui sur sa vitre bouge,
C'est les fauves éclairs que sur sa lèvre rouge
Allument les baisers de son laquais et roi.

Ainsi donc, pauvre enfant, dans tes amours nouvelles
Parle haut, marche fort en frappant tes semelles
Et commence toujours le roman par la fin.

Vois : on se met le poing sur la hanche; on ricane
Du printemps, des vingt ans, des vierges; on profane
De traits d'esprit bien secs, tout ce qu'on aime, enfin.

Ça réussit toujours, et c'est peu difficile.
Don Juan qui n'était pas, certes, un imbécile,
Ne s'y est jamais pris autrement, sais-tu bien.

C'est qu'il n'est plus le temps des sérénades douces,
Le temps des chastes fleurs se cachant sous les mousses
Des bosquets soupirant un chant éolien.

Où, divins amoureux, où l'échelle de soie
Que le vent du matin, trop tôt pour votre joie,
Balançait doucement dans l'air inviolé?

Où le gai bohémien de seize ans, les mains pleines
Des lauriers reçus à la cour des châtelaines
Qui le suivaient des yeux pour toujours envolé?

Où le beau page blond et la noble amazone
S'égarant dans le grand parc antique, où résonne
Dans le lointain le cor du maître confiant?

Où les tournois? où les lais d'amour? où les bibles
Pleines de vierges d'or, et de diables terribles
Écrasés sous l'orteil d'un chérubin riant?

Quelle est la belle dame à qui tu dis ta peine?
Quelle est la muse qui vient de sa fraîche haleine
Rafraîchissant ton front t'aider dans tes travaux?

Aujourd'hui, froids rimeurs sans lauriers et sans lyre,
Bohémiens sans guitare, amoureux sans délire,
Saltimbanques cherchant quand même des bravos,

Petits vieux de vingt ans au front jaune, aux yeux ternes,
Viveurs qui promenez sous toutes les lanternes
Dans vos immondes nuits votre muse et votre art,

Vous ne savez plus rien que des chansons sceptiques,
Et prenez pour objet de vos vers érotiques,
Quelque Phryné sans cœur d'un boudoir-lupanar.

Vous êtes éreintés, avachis, anémiques.
Il vous faut de la viande à force, des toniques
Pour prolonger un peu vos jours et vos ennuis.

Eh bien, moi, je suis vieux, mais toujours jeune d'âme.
J'ai la foi dans le bon et dans le beau. — Madame,
Voulez-vous tous mes jours avec toutes mes nuits?

Je ne puis vous offrir qu'un amour sans grand'fêtes,
Et refaire pour vous des chansons déjà faites.
Cet amour, cependant, je le mets sous vos pas.

Tel qu'il est, c'est le bon : fort, mais calme et sans fièvres,
Avoir même pensée au cœur, et sur les lèvres
Même mot pour la dire, à nous seuls, et tout bas.

Cet amour, mon espoir, qu'il devienne le vôtre.
Et d'ailleurs je sens bien que je n'en peux plus d'autre,
Que je mourrais, d'aimer comme j'aimai jadis.

O jeunesse ! ô martyr terrible, mais céleste !
Premier baiser reçu ! Ton souvenir me reste,
Éventé, mais toujours fleuri — comme un grand lis.

J'avais seize ans. (Grand Dieu ! c'est hier.) Elle, treize.
Nous courions dans les bois. Trouvait-elle une fraise
J'en prenais la moitié sur ses dents, ses rubis.

Avec les nids pillés sous les branches décloses,
Je faisais des colliers d'œufs bleus pour ses bras roses,
Je tressais pour son front des fleurs et des épis.

Nous grandîmes ainsi tous les deux côte à côte.
Puis vint l'amour avec cette première faute
Qui nous fit si longtemps tenir les yeux baissés.

O les longs entretiens pleins de charmantes choses
Sous la charmille!... Grâce! ô critiqueurs moroses,
Pour ces chers souvenirs par vos rires blessés.

Pitié pour ces fadeurs : mon âme y est mêlée.
Pitié pour la chanson toujours renouvelée
Des premières amours qui s'en vont dans le vent.

Pitié! pitié! pitié! Les fraises sont pourries.
Les colliers d'œufs, perdus. De ses lèvres flétries
Les baisers d'aujourd'hui, l'infâme, elle les vend.

Et vous, ô souvenirs! arrière, arrière encore!
Arrière, ô clairs rayons de la première aurore
Venant pour me railler reluire dans mes soirs!

Je suis le réaliste, ami des grillons noirs.

LES APOTHÊTES

Voici, mâchelauriers, mes frères,
Un rêve qui fait bien souvent
Sous mon front tinter les artères
Comme des cloches de couvent.

C'est surtout quand, non économe
De mes vingt ans j'use mes jours
A limer ces choses qu'on nomme
Des vers? parfois; des mots? toujours.

Surtout dans ces heures d'automne
Sans chaud soleil ni vent glacé
Où le soir, long et monotone,
Par la nuit terne est remplacé;

Heures d'agonie, où mes tempes
Se ratatinant sous l'ennui,
Pareil au sorcier des estampes
Qui se démène dans la nuit;

J'étreins quelque idée en sa bourbe
Noyée, ainsi qu'un chien crevé,
Et l'amène à l'air, et la courbe
Sous le joug du rhythme rêvé;

C'est surtout alors, ô vous, graine
D'Homère, ô mes frères poussifs,
Que ce rêve, fleur de migraine,
M'agite en frissons convulsifs.

D'abord, je vois la Sparte antique.
Les Anciens passent, front penché.
Ils quittent la table publique
Et vont s'assembler au Lesché.

Là, selon le rhêtre inflexible,
Tous les nouveau-nés sont tenus.
Chacun des Anciens, impassible,
Fait l'examen de leurs corps nus.

Les uns, ceux aux couleurs prospères,
Les bien musclés, les forts, les beaux,
Sont remis au bras de leurs pères.
Pour eux, les retours triomphaux.

Pour eux, plus tard, les jeux gymniques,
Et l'embuscade, et le viol
Des vierges aux larges tuniques
Flottant sur la cuisse et le col.

Pour eux, pendant l'apothéose
Du soleil, ce flot qui garda
Dans les rougeurs du laurier-rose
La trace des bains de Léda.

Pour les autres, ceux dont le torse
Est mou, les laids, les chassieux,
Ceux par qui se perdraient la force
Et la beauté des fiers aïeux,

Là-bas, à l'ombre du Taygète,
On les porte, les mal bâtis.
Un gouffre bâille : on les y jette.
Un cri : tous sont anéantis.

Eh bien! les âmes délivrées
De tous ces rebuts impotents,
Je les vois, d'air libre enivrées,
Monter dans l'espace et le temps.

Elles vont. Un siècle qui sombre
Dans ton abîme, éternité,
Ne fait pas rider ton flot sombre,
Ni tourner leur front de côté.

Elles vont. Des étoiles meurent
A suivre leur vol vagabond :
Mes deux yeux sur elles demeurent
Tout grands ouverts, où qu'elles vont.

Enfin, d'un ciel rempli de cendre,
Je les vois tomber, je les vois
Sur nos mères à tous descendre,
O poëtes sans reins, sans voix.

Hélas! que n'es-tu faux, mon rêve?
Mais non. Ces âmes d'avortons,
Ce sont bien celles que, sans trêve,
Nous tous, les faibles, nous portons.

C'est pourquoi ceux de notre race
Sont maudits entre les maudits,
Qu'ils soient couverts d'or ou de crasse,
Dans des palais ou des taudis.

C'est pourquoi, niais que nous sommes,
Nous vieillissons, soûls d'encre, et sourds,
Passant nos veilles et nos sommes
A pleurnicher sur nos amours.

— A quoi donc bon vous plaindre aux femmes
De vos cœurs par elles ouverts?
Sans les colères de vos âmes,
Où donc les âmes de vos vers? —

C'est pourquoi des nuits d'hiver froides
Aux clairs avrils éblouissants,
Nous descendons vos marches roides,
O noirs caveaux des impuissants!

Caveaux où les membres se rouillent,
Où l'âme, achevant de déchoir,
S'enlize en des marais où grouillent
Tous les germes du désespoir.

Comme ces chairs que l'écrouelle
Ronge, et qu'on défend à l'étal,
Frères! nos vers n'ont pas la moelle,
Creux qu'ils sont dès le temps fœtal.

Mais, puisque ainsi c'est notre vie,
Chantons! sans souci ni remord,
Chantons! et n'ayons qu'une envie :
C'est d'acquérir, — lorsque la Mort

A ses vieilles dents nous agrafe
Comme un chien fait d'un lapereau —
Deux ou trois lignes d'épitaphe
Dans l'almanach de Vapereau.

LES ÉCOLIÈRES

Quand les petites écolières
Le jeudi s'en vont, deux par deux,
Elles ont les pas hasardeux
D'oiseaux enfuis de leurs volières.

Leurs façons, bien qu'irrégulières,
A l'observateur sérieux
Disent, s'il en est curieux,
Celles aux parents familières.

Voici les fières héritières
D'un sous-préfet majestueux ;
Ces bavardes sont d'ennuyeux
Produits d'avoués ou de portières.

Ces deux pâlottes, aux manières
De chérubins tombés des cieux,
Qui d'un pas lent, religieux,
Vont toujours seules, les dernières,

Sont les filles, fleurs printanières,
D'une jeune femme et d'un vieux
Bedon, qui se passeraient mieux
D'air, que de prêtre et de prières.

Sous des dehors silencieux
Les femmes cachent leurs chimères,
Et sous leurs cils l'éclair des yeux.

Et c'est par les caquets joyeux
Ou les tristesses éphémères
Des enfants, qu'on sait bien les mères.

LA BOBONNE

Près des eaux, dans la grande allée,
Je vois souvent, l'après-midi,
Une dame je ne sais qui,
Dans sa grand'laideur étalée.

Sa paupière est rouge et pelée
Comme du jambon rattendri.
— Traînant l'enfant, « bibi chéri »
La bobonne suit, essoufflée.

Dix-huit ans, rose, et l'œil hardi,
Et fraîche : une pomme d'api!
C'est à croquer d'une goulée.

Vraiment, si j'étais le mari,
La dame serait attelée...
La bobonne eût fait le bibi.

LA FLAQUE D'EAU

DANS LE CIMETIÈRE

La mère que j'ai suivie
Portait sous les gazons verts
Ses fils. Les trous recouverts,
Elle s'est évanouie.

Moi, ma douleur assoupie,
J'errais dans les croix. Des vers
Et mille éléments divers
Grouillaient dans de l'eau croupie.

Chacun son tour. A travers
Cette eau noire que j'épie
On voit naître un univers.

Pour tous la table est servie :
Allez dans la mort, ô chairs !
O bourbe ! va dans la vie.

15 AOUT 1871

J'étais allé fumer ma pipe dans les bois.
Dans les heures du soir longtemps continuées
Les dernières clartés du jour, sur les nuées
De l'ouest, versaient encor de grands éclairs, parfois.

La belle fête ! amis. Les senteurs et les voix
De la terre montaient, sur de tièdes buées,
Dans tous les coins, par tous les vents distribuées.
— Mais quand je pense aux soirs d'il y a quelques mois,

A ces soirs de l'hiver passé, si longs ! si froids !
Où nos lignes après s'être en avant ruées,
En avant, tout le jour, rentraient exténuées,
Ployant plus sous le sac que Jésus sous la croix :

Amis, chants et parfums me semblent des huées
Et des pestes, et là, c'est du sang que je vois
Dans les grandes rougeurs au couchant refluées.

— Mais trois corbeaux, sous les feuillaisons remuées,
Pensant aussi sans doute à ces jeux de nos rois,
Criaient : « Vivent Guillaume et Napoléon trois ! »

L'ÉTOILE BLEUE

— Étoile bleue, ô chaste étoile de la nuit,
Diamant lumineux au front du crépuscule,
Que vois-tu dans la plaine où ton regard circule
Quand devant toi le jour, pâle et honteux, s'enfuit?

— Le vent se tait, l'écho des bois s'évanouit;
L'océan fatigué flot à flot se recule;
Seul, obscurcissant l'air limpide qu'il macule,
L'essaim des moucherons du soir s'épanouit.

— Mais dans la ville, étoile adorée, où le bruit
S'accentue, où le gaz à chaque pignon brûle,
Étoile, que vois-tu? si ton regard y luit.

— Je vois un tas de chairs de femmes, véhicule
De miasmes. Jeune homme ou vieux on s'y bouscule.
Qui donc voudrait qu'un autre en souffrît avant lui?

LA NUIT

Les parents ont trouvé, le croyant poitrinaire,
Trop rude pour leur fils de retourner leur champ.
Jeune, il est déjà vieux, et pis que vieux, méchant,
Car ses vingt ans se sont fanés au séminaire.

Le mysticisme impur d'un blême doctrinaire
L'a fait rétrograder de dix siècles. Léchant
Les murs moisis du cloître, il a grandi séchant
Dans le froid et la nuit son œil visionnaire.

Peut-être encor plus triste, un jour, qu'à l'ordinaire,
Il errait, tête basse ; or, le soleil couchant,
A moitié disparu, n'entrait plus qu'en louchant
Sous les dômes croisés du vieux bois débonnaire.

Mon grand-père, pourtant sans peur et sans remord,
Au soir, gagne en tremblant, après mes deux poignées
De main, sa vieille alcôve aux poutres mal rognées,

Car l'ombre l'épouvante, et pour la fuir, il dort.
— Les feuillaisons ainsi par la nuit empoignées,
Voyant le prêtre, ont dit au frisson qui les mord :

La nuit près de ces deux prunelles refrognées
C'est le chant des bouvreuils près du chant des cognées,
Car la nuit, c'est la vie, et cet œil, c'est la mort.

INTÉRIEUR DE JOCELYN

Sur un fauteuil, cadeau de dévote, arc-boutant
Ses pieds aux vieux chenêts, il rêve, le front blême,
Et son triple menton, dans un calme suprême,
Repose sur son bon gros ventre d'impotent.

Soudain son nez vineux palpite : l'on entend
La bouilloire à café chanter son doux poëme.
La bonne enfin le verse, et selon son système,
Le lui fait boire avec un soin très-méritant.

Bien qu'il y ait dans l'âtre un feu très-bien pourtant,
Tout logis de prêtre, en été comme au carême,
Sent ce renfermé gras, vieil odeur de saint-chrême.

Mais la bonne, commère à l'air toujours content,
Jouit d'un œil gaillard qui réveille quand même.
—Pauvre homme, en ce taudis, il mange, il prie, il aime.

PRIÈRE DU MATIN

Non, ce n'est plus la nuit, et ce n'est pas encore
L'heure où monsieur Phébus se lève radieux.
Mais l'ombre lutte en vain. Place aux meilleurs des Dieux
Là-bas, dans ce lointain limpide qui se dore.

Des chênes aux gramens la chape multiflore
Ondulant : et les rocs tremblant comme des vieux :
Et les ruisseaux taisant leur murmure joyeux :
Chaque âme de la vie universelle adore,

Chaque bouche de l'hydre indestructible, implore
Pour le jour à venir le doigt mystérieux
Qui lui marque sa place au banquet glorieux.
— Et moi, je me dressais vers l'astre en train d'éclore,

Quand un caillou, glissant sous mes pas orgueilleux,
M'a fiché bas, disant d'un ton sentencieux :
« Chenapan! quand tu vois que le ciel se colore,

« Baisse la tête, et reste un peu silencieux :
Sais-tu pas que ton souffle attarde dans les cieux
La bénédiction qui nous vient de l'Aurore? »

PRIÈRE DU SOIR

Un vieux laboureur, hébété
Par le travail et la misère,
Sur la porte de sa chaumière
Attend la fin d'un jour d'été.

O soleil! dit-il, attristé
En voyant sombrer la lumière,
Chauffe-moi donc une dernière
Fois, toi qui m'as tant éreinté.

L'astre, propice à la prière
Du bon vieux, lui jette en arrière
Un regain de chaude clarté.

Et le vieux ferme sa paupière,
Et meurt, emportant sous sa pierre
Ce rayon pour l'éternité.

ORAISON FUNÈBRE

Madame se meurt! madame est morte!

Un boudoir en désordre : effet de l'art. Hercule
Aux pieds d'Omphale est peint sur le tapis ouaté.
Sur les meubles en bois de rose agrémenté,
Tous ces riens rococo d'un charmant ridicule.

Ces parfums des pays où bout la canicule
Changent en un creuset d'où sourd la volupté
Tous les trous de la peau. Le rideau velouté
Fait des plus francs soleils un adroit crépuscule.

Camélia se meurt. Et sa mère calcule
L'argent qu'elle fera de l'autel tant vanté :
Ce lit bas, sous l'alcôve, autour duquel, tenté
De s'y pâmer encore, un jeune homme circule.

Il pleure, et sur le front de la chère beauté
Que le froid décolore, il essaye, irrité,
De rafraîchir un peu son front que l'amour brûle.

Pauvre enfant! Il avait pour elle tout quitté,
Et voilà qu'il lui faut, remis en liberté,
Être autre chose, hélas! qu'un roquet sans scrupule.

QUE C'EST LA NUIT QU'ON Y VOIT

O solitude aimée! O calme de la nuit!
Restez ma préférence entre toutes les choses
J'ai toujours fait passer l'étoile avant les roses,
Et votre apaisement toujours avant le bruit.

Dans l'ombre, ainsi que du bois mort, le Passé luit.
On voit clair au travers des plus obscures gloses,
Et les Temps, confondus dans leurs métamorphoses,
Nous semblent des Hier pareils aux Aujourd'hui.

L'Indou dans son hûka t'aspire à hautes doses,
O Mystère ! Oui, le monde a beau changer ses poses,
C'est toujours l'accoucheur qu'un croque-mort conduit.

Les mères font toujours les mêmes poupons roses,
La même pourriture emplit les tombes closes,
Le même homme toujours naît, mange, bâille, fuit.

LA SOURCE

A Georges Hem.

La rivière est là, claire, encor tout indécise
Du chemin où rouler son caprice rêveur.
C'est ta Voulzie, ô frère ! Et, tiens, avec ferveur,
Elle murmure encor ton élégie exquise.

C'est ta Voulzie ! Et, vois : dans leur teint de cerise
Deux enfants de sept ans, fille et garçon, sans peur,
Y cueillent, demi-nus, les verts glaïeuls en fleur.
Autour de leurs talons roses, le flot s'irise.

C'est ta Voulzie! Et, vois : le feuillage tamise
Le jour, et d'un rayon flambant d'or et d'ardeur,
Fait une ombre d'argent tiède, immobile et grise.

Mais un prêtre approchant avec un air grondeur,
Les enfants effrayés, ô divine pudeur!
Pour se cacher les yeux retroussent leur chemise.

LA REVANCHE

Parlons-en peu souvent. A parler trop souvent
D'une chose à venir, on croit qu'elle est venue.
Frères, c'est dans nos cœurs que, forte et contenue,
La haine doit rugir : honte au bavard mouvant!

Laissons les discoureurs, phraseurs, blagueurs, suivant
Leur goût, nous dire en vers limés ou prose nue,
Ce qu'il nous faudra faire à cette heure inconnue
Mais sûre, où l'on verra nos drapeaux se levant.

Cher drapeau ! saint martyr ! Haut, plus haut que la nue,
Va, nous te dresserons, pour que tout œil vivant
Sache que l'heure est loin de pleurer dans le vent.

•

— Mais je sais un hardi soldat. Il éternue
Quand son papa, bourgeois capon, parle devant
Lui de guerre, en frappant son gros ventre en cornue.

ROUGE ET BLANC

A Achille Millien

— Moi, Jean-Pierre, vacher de la ferme là-bas,
Je jure à mes grands bœufs, à mon vieux chien de Brie,
Que j'aime la Margot-Rougeaude à la furie
Et que je la tuerai sans le moindre embarras.

— Et moi, je suis poëte érotique, et bien las.
Je veux purifier ma pauvre âme meurtrie
Au fond d'un ruisseau clair : l'enfant que j'ai nourrie
Du miel de mes chansons, ne m'aime plus, hélas !

— La Margot ! c'est bien vrai qu'elle est rouge, et non pa
Comme sa grosse sœur la Claudine engourdie.
O chère pomme d'août, faut-il qu'à l'étourdie
Tu te gausses de moi qui pleure sur tes pas !

— Maria ! c'est bien vrai qu'elle est blanche. Ses bras
Conservent leur blancheur dans les nuits de folie,
Et son œil sous les cils luit comme une embellie
De lumière aurorale à travers les lilas.

— Dire qu'il est bossu, le vigneron Colas !
Et que moi, jeune et droit commt un fil, je l'envie ;
Car il est riche, et l'or, ça doit être la vie
Puisque Margot l'épouse après les échalas.

— Dire que pour aller au bal en falbalas,
Ma muse inspiratrice aujourd'hui me renie,
Et qu'auprès d'un vieux juif à tête dégarnie
Elle a sifflé mes vers un soir de mardi-gras !

— Que l'écrase ce poing plus dur que du carouge,
Quand j'aurai sur son front de mon front détourné
Cloué par un viol son crime abominé !

— Malheureux ! viens plutôt noyer au fond d'un bouge
Ton âme avec la mienne, et qu'il soit pardonné
Par un nouvel amour à l'amour profané.

— Au large ! au large ! Mon amour est plein et rouge :
Le tien est creux et blanc comme du veau mort-né.

7.

POËTE AUX CHAMPS

L'Été. De ses rayons droits comme un fil d'épée,
Le soleil sur le dos des faucheurs tape dru.
Dans la grand'cruche en grès d'herbes enveloppée
Heureusement qu'on a le petit vin du cru.

La petite Margot plus qu'affamée est lasse.
Au goûter, elle boit, mais laissant les radis,
Et sur les tas de blé s'arrangeant une place,
Elle s'endort d'un franc sommeil de paradis.

On mangerait sa joue aussi bien qu'une pomme,
— Rose et ferme — et ses bras plus potelés encor.
Avec les épis blonds qui l'entourent, c'est comme
Un chaton de corail dans un grand anneau d'or.

C'est la comparaison qu'en la voyant couchée
Ainsi, vient justement de faire ce garçon
Qui passant tout auprès, l'encolure penchée,
Écarquille les yeux comme un colimaçon.

Albéric a vingt ans. Il imagine — en prose —
De beaux amours qu'il met en vers pour son canton.
Aux desserts des bourgeois, il déclame, morose,
En se lustrant les poils qu'il n'a pas au menton.

Morose, et soucieux. Pleurer, c'est sa manière.
Il croit que le métier veut ça, le malheureux!
Avec, aux vents flottants, les cheveux en crinière,
Et le visage pâle, et l'estomac peureux.

La petite Margot est lasse. Aussi dort-elle
Sans souci du travail, des passants, du soleil.
Le poëte se donne une peine mortelle
A tousser : bah! Margot va toujours son sommeil.

Et du ciel en délire et du sol magnétique
Des courants émanant vers elle, insidieux,
Elle sent l'air vibrer comme un orgue mystique
Et des braises monter de son cœur dans ses yeux.

Dis, qu'as-tu donc, petite? Es-tu folle, à cette heure,
De remuer ainsi tes bras endoloris?
N'as-tu plus somme? alors, retourne à ta demeure,
Les faucheurs sont rentrés, la nuit vient. Qu'as-tu, dis?

La petite Margot est lasse, et pas si bête
Que de quitter son aise au milieu du grand blé.
Mais recourbant ses bras au-dessus de sa tête,
Elle a changé de place, et ses cils ont tremblé.

Les bras cachent alors le front et la paupière,
Mais la bouche est toujours libre, la fleur de sang!
Et ce poser tendant la chemise grossière,
On voit pointer, ô joie! un sein divin, naissant.

Dis, qu'as-tu donc, petite? O mignonne, ô taquine,
Pourquoi rester encor? N'as-tu pas reposé?
Quels sont ces gros soupirs qui gonflent ta poitrine?
Tiens, ta bouche a voulu rire, et n'a pas osé.

La petite Margot se lève. Elle s'accoude
Un instant sur un bras, et d'un ton déluré,
Faisant une grimace au poëte qui boude,
Dit : « C'est décidément quelque apprenti curé. »

Et comme elle s'en va, non sans hausser l'épaule
Et sourire du nez pleurard de ce magot,
Jean, un des charretiers de la ferme, grand drôle
De vingt ans, brun et fort, l'appelle : « Hé! la Margot!

« Je te fais mes adieux pour de vrai, je t'assure.
La jument, tu sais bien, Faraude, elle a cassé
La grand'beurrière et s'est fait péter la fressure.
Crois-tu que le patron pour cela m'a chassé!

« Qu'il aille au diable avec sa rosse et sa guimbarde!
Je n'ai que trop longtemps pour son compte trimé.
Un de moins, deux de plus. Mais ce qui me bombarde
C'est de savoir pourquoi tu ne m'as pas aimé. »

La nuit venait parée ainsi qu'une promise.
Un vent bénin soufflait, chassant un gai troupeau
De nuages. Margot dénoua sa chemise
Au col, pour mieux sentir la fraîcheur sur sa peau.

Jean était d'un côté d'une haie à sa taille;
Elle, de l'autre. Avec un air embarrassé,
La petite s'approche : « Il faut que je m'en aille.
Puis, c'est plein de piquots... » — Jean est déjà passé.

Et pendant qu'ils vont dans une entente parfaite,
Albéric rentre en ville, emmanche un habit noir,
Et va lire des vers au thé de la Préfète.
— « Foi de Jean, la Margot, c'est beau, les prés, le soir ! »

BONSOIR

N, i, ni, c'est fini! Nous n'irons plus au bois,
Les lauriers sont coupés. — Une idiote lente,
Dès qu'elle a vu s'éteindre une étoile filante,
Ne sait plus où poser son regard aux abois :

Depuis que chaque jour, à chaque instant, je vois,
Mon âme s'alanguir — jadis si turbulente —
Moi qui fêtais partout ma jeunesse brûlante,
Je ne sais où poser ni mes yeux ni ma voix.

Baste! vivent quand même et la vie et ses lois!
La Mort boite après tout. Et sa grand'faulx branlante
Doit nous tailler la peau de façon désolante
Depuis qu'elle s'ébrèche en de tristes emplois.

N, i, ni, c'est Nini qui n'ira plus au bois.
J'y retourne, mais seul. Les lauriers qu'on replante
Pour moi sont encor pleins d'ombre, et si ma galante
N'est plus, le souvenir m'en revient quand je bois.

Je boirai jusqu'au temps où tout être qui tombe
Rend au fumier natal les os qu'il a donnés.
— Puis, des fleurs et ces mots indiquant l'hécatombe :

« Paisible, il a vécu ses soixante ans sonnés,
Cultivant sagement les bourgeons de son nez :
Ils germèrent plus tard et fleurirent sa tombe. »

TABLE DES MATIÈRES

PARIS. — J. CLAYE, IMPRIMEUR, RUE SAINT-BENOIT. — [568]

PETITE BIBLIOTHÈQUE LITTERAIR

(AUTEURS ANCIENS)

Volumes petit in-12 (format des Elzévirs)
imprimés sur papier de Hollande.

Chaque volume : 4 fr. & 5 fr.

Chaque ouvrage est orné d'un portrait-frontispice gravé à l'eau-forte.

LA FONTAINE. *Fables*, avec une notice & des notes
M. A. PAULY. 2 volumes (épuisés).
— *Contes*, avec des notes par M. A. PA
2 volumes (épuisés).

REGNIER. *Œuvres complètes*, publiées par E. COURBET.
1 volume (épuisé).

LA ROCHEFOUCAULD, textes de 1665 & de 1678, publiés par CH. ROYER. 1 volume. . . . .

MANON LESCAUT. 1 volume. . . . .

BEAUMARCHAIS. *Théâtre* (le Barbier de Séville). 1 vol. 4

DAPHNIS ET CHLOÉ, avec notice par E. CHARAVAY, 1 volume. 5

ŒUVRES COMPLÈTES DE MOLIÈRE, 8 volumes.
Chaque volume. 5
(Les 5 premiers volumes sont en vente.)

LES ŒUVRES D'HORACE, traduites par LECONTE DE LISLE. 2 volumes. 1

ŒUVRES DE J. RACINE, 5 vol. Chaque volume. . .
(Les 3 premiers volumes sont en vente.)

En préparation :

Voltaire (*Romans & Contes*). — Corneille.
Boileau. — Racine. — Paul-Louis Courier. — La Bruy
Hamilton. — De Maistre. — Hégésippe Moreau.
Shakespeare, traduction de F.-V. Hugo.
Le Mariage de Figaro. — Boccace.
Paul & Virginie. — *Voyages de Gulliver*.
Robinson Crusoé. — *Don Quichotte*. — *La Princesse de Clè*
Marianne. — *&c.*, *&c.*, *&c.*

Il est fait un tirage sur papier Whatman, au prix de 20 fr. le
& 25 fr. le vol. sur papier de Chine.

PARIS. — J. CLAYE, IMPRIMEUR, 7, RUE SAINT-BENOIT. — [5

www.ingramcontent.com/pod-product-compliance
Ingram Content Group UK Ltd.
Pitfield, Milton Keynes, MK11 3LW, UK
UKHW020153200726
13856UKWH00003B/981

9 782013 277044